WITHDRAWN

En el zoológico

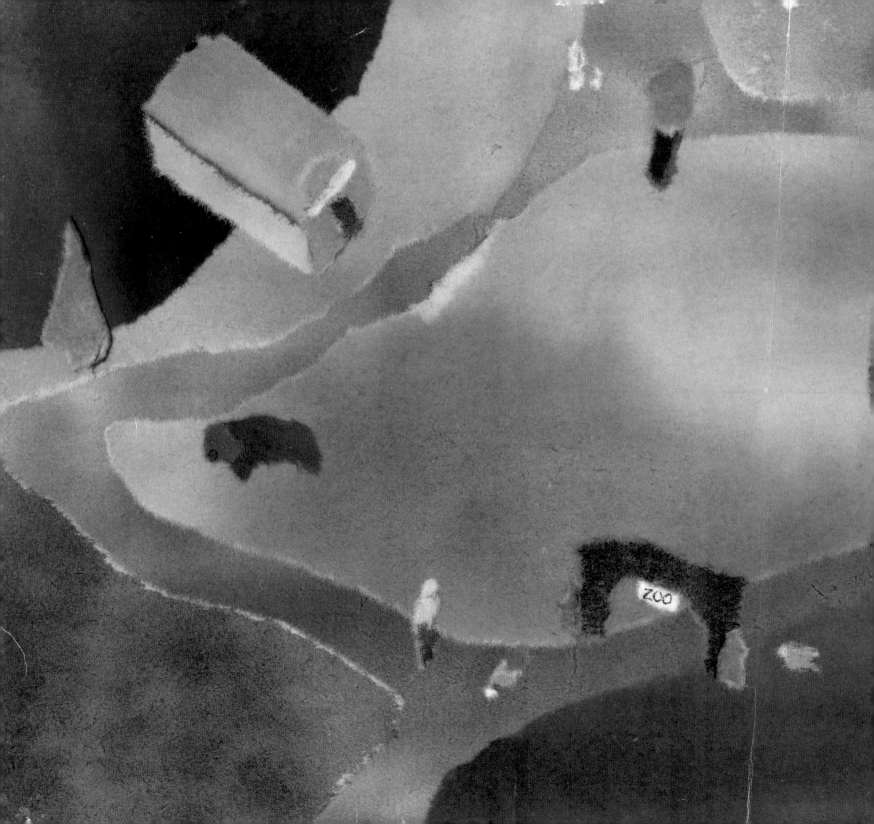

En el zoológico

Mem Fox

Adaptado por **Mary Cappellini**
ilustraciones de
Candace Whitman

Ilustraciones hechas en collage. El papel se pintó con acuarelas y luego se desgarró
en pedazos con las formas utilizadas en cada una de las ilustraciones.

This edition first published in the United States in 1996 by

MONDO Publishing

By arrangement with MULTIMEDIA INTERNATIONAL (UK) LTD

For information contact:
MONDO Publishing
One Plaza Road
Greenvale, New York 11548

Visit our web site at http://www.mondopub.com

Bilingual Educational Consultant: Mary Cappellini
Design and Production by The Kids at Our House
Printed in Hong Kong by South China Printing Co. (1988) Ltd.
First Mondo printing, February 1996
First Mondo Spanish Edition, January 1998
98 99 00 01 02 03 04   9 8 7 6 5 4 3 2 1

ISBN 1-57255-500-9

Text originally published in Australia in 1986 by Horwitz Publications Pty Ltd
Original development by Robert Andersen & Associates and Snowball Educational

Un día Flora fue al zoológico.

Miró a la jirafa, asombrada,
y la jirafa le devolvió la mirada.

Miró a la pantera,
con su negra piel de seda.

Miró al tigre, asustada,
y el tigre le devolvió la mirada.

Miró a la serpiente escurridiza,
que se deslizó por una rendija.

Miró al pingüino, encantada,
y el pingüino le devolvió la mirada.

Miró al mono, fascinada,
que daba a su monito una palmada.

Miró al avestruz, sin decir nada,
y el avestruz le devolvió la mirada.

A la cebra le dijo: —¡Hola!
y ésta la saludó con la cola.

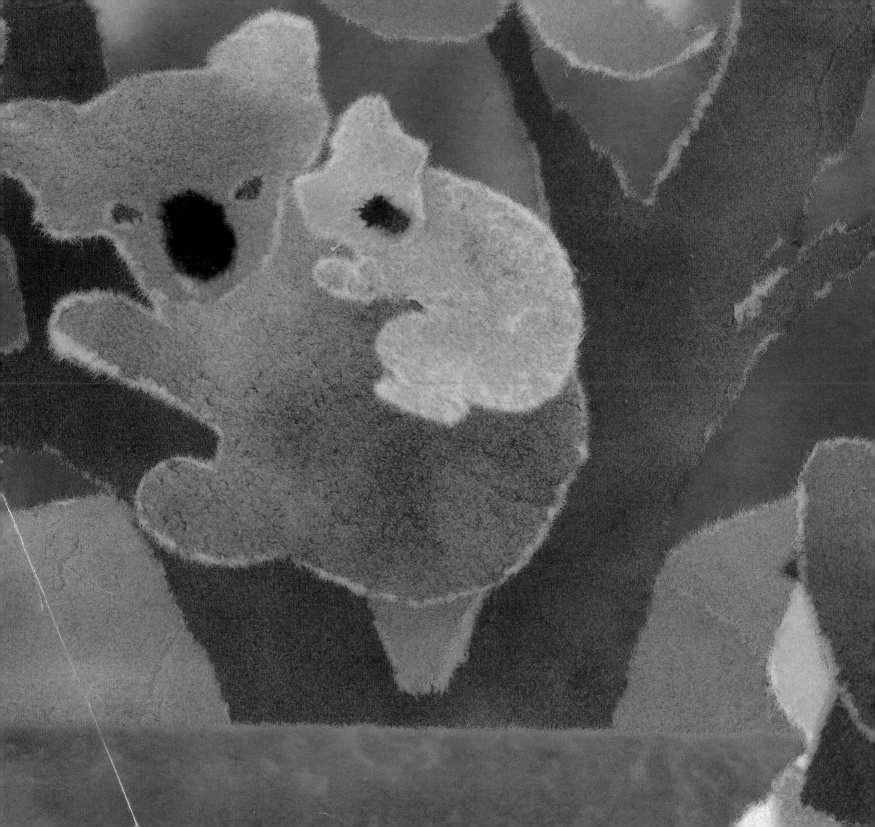

Miró al koala con su bebita cargada,
y el koala le devolvió la mirada.

Después miró a un oso,
que comía muy goloso.

Miró al gorila con su banana guardada,
y el gorila le devolvió la mirada.

Miró al camello con sorpresa,
y le preguntó: —¿Esa joroba no te pesa?

Miró al elefante y al yac, ya cansada,
y el elefante y el yac le devolvieron la mirada.

Flora miró a su papá, encantada,
y su papá sonriente le devolvió la mirada.